AF373263

E.P.U.R.E.R permet d'évoluer, ce n'est pas compliqué !

Le conte de Sacha l'escargot.

Par Al Phasso

*'La vie n'est pas faite pour nous rendre heureux,
elle est faite pour nous rendre conscients'.*
Eckhart Tolle.

Sommaire

A propos de l'auteur

Dédicace :

A ma jeune belle-soeur, qui je l'espère se '*re-trouvera' très vite.*
Et à toutes celles et ceux qui savent, intimement, que tout est possible.

Introduction :

Tout a commencé au commencement…chacun le sien, je suis tentée d'écrire.

Le mien fut celui-ci : tranquillement allongée sur mon lit, dans mon pays bouddhiste d'adoption, dans une tranche de vie qui me paraissait, me paraît et me paraîtra à jamais douce et agréable : la petite enfance et l'allaitement de mon fils. La même époque et les mêmes conditions de vie en angoisserait d'autres. Rien n'est jamais parfait, tout est question de perspective...si non, d'hormones dans ce cas précis ! Le bonheur de cet instant, tout à la fois beau et épuisant me fit me questionner sur l'origine et la nature du sentiment de bien-être?! Une amie venait justement de me signifier qu'une grande université américaine ouvrait ses portes aux étudiants nomades du monde digital. Dans la liste des cours universitaires, celui de la psychologie positive, traitant du bonheur, envahit ma vision et mes pensées à n'en plus savoir déchiffrer les autres matières. Ce jour là, je rejoignais une horde de semblables. Je me conformais à l'ère du temps en m'initiant aux secrets du bonheur. Plus exactement à ceux que la science a réussi à percer.

Le résultat est probant. Après quatre ans de lectures, d'écoutes de Podcast (l'équivalent des émissions de radio, sur internet), de pratiques de méthodes de psychologie positive, de développement personnel et de philosophies de vies, la transformation est notable. Et je suis ravie, ravie, ravie.

Ma famille et mes amis pourraient en témoigner : j'étais très stressée, critique, impatiente, et la reine des râleuses. Une amie m'avait d'ailleurs surnommée 'Ralex' !
Cette époque est à présent révolue, j'ai repris ma vie en main. Au final, tout me parait plus simple. J'en attribue tout le succès à ces techniques, ces recettes et études de psychologie positive et de pensées positives.

Aujourd'hui je souhaite simplement partager ces ressources, et mes propres outils avec vous, au fil de ces pages, à travers un conte. Ce conte imaginaire expose le moyen mnémotechnique que j'utilise pour faciliter l'acquisition de tous ces enseignements. J'espère que ces lignes vous donneront envie d'oser changer, ou du moins d'essayer ?

Attention, toute magie n'est possible que grâce à des **entraînements, des répétitions et des efforts continus**. Il s'agit de se rééduquer quotidiennement jusqu'à ce que les pensées et les actions deviennent naturellement positives et constructives.
D'ailleurs Albert Einstein a écrit : « Le monde que nous avons créé est une conséquence de notre façon de penser. Le monde ne peut pas changer sans que l'on change notre façon de penser ».

Alors si vous parcourez ces lignes, c'est que l'envie d'évoluer et de vous ouvrir au changement, voir au bonheur, vous titille. Dans toutes les méthodes, les citations et les pensées qui vont suivre, s'il y a en a au moins une qui génère un déclic en vous, alors c'est gagné. Je parle ici de vivre un instant d'une légèreté incroyable, où l'on ne pense plus de la même façon. Ce moment bref ou durable s'assimile à une libération. Néanmoins, une fois cet instant vécu, il est à cultiver sous peine de disparaître à nouveau.

Si vous vous demandez encore 'pourquoi chercher à changer ? Pourquoi vouloir devenir la meilleure version de soi-même ? Pourquoi trouver ce que vous devriez faire de votre 'don de vie'? Ma première réponse est 'pourquoi pas'?!
Ensuite, le changement fait partie de la vie. Héraclite disait d'ailleurs : 'Une seule chose est changeante, permanente, c'est le changement'.
Entre le moment ou vous avez ouvert ce livre et le moment ou vous avez lu ces lignes, quelques minutes se sont écoulées... Et vous et moi êtes déjà différents. Puisque nous changeons, pourquoi ne pas diriger, orienter cette évolution inéluctable?!

Aller, au travail, il est temps de vous munir d'un calepin et d'un crayon, pour la mise en action de tous ces outils et principes d'auto-transformation.
1,2,3...partez!

La Fable de Sacha : l'escargot qui ondule vers la sagesse.

Ma grand-mère me racontait souvent la fable de Sacha. Ce récit était empli de leçons de vie enrichissantes. C'est sans doute parce que les enfants sont vierges de tout jugement qu'on leur conte des histoires? Et comme ils sont, eux aussi, en évolution permanente, ils se laissent imprégner des enseignements portés par ces aventures extraordinaires. Je vous invite à retomber en enfance pour accueillir pleinement l'histoire de Sacha. Pour ce faire, laissez-vous guider sans évaluer les valeurs transmises ici.
A l'approche de son départ, une joie mêlée à une angoisse (légitime) gagna Sacha et ses parents.

L'escargot avait atteint ce changement d'état (physique) qui nécessitait de se rendre, seul, au rassemblement de la cagouille. Ce déplacement de plusieurs kilomètres, à travers bois, constituait un rite de passage chez tous les helix. Seulement, au fond, Sacha ne se sentait pas prêt. Il ne voulait pas changer. Outre le fait qu'il était né et avait été élevé en France, ce qui impliquait des attitudes naturellement sceptiques et négatives (ainsi qu'un grand manque de confiance en l'avenir), il ne voyait pas en quoi changer lui serait bénéfique?! Les anciens affirmaient pourtant que ce voyage transformait. Ils disaient que cette traversée était l'occasion de laisser derrière soi tout ce qui alourdit et limite. Ils brandissaient de nombreuses recherches scientifiques. Ces dernières apportaient la preuve que changer la façon dont on porte attention à notre vie est primordial. Enfin, les aïeux de Sacha préconisaient tous 'd'épurer' son quotidien pour avancer avec entrain. Pour comprendre leurs dires, il obéit et parti.

Sacha ondula à peine à l'orée du bois, qu'un insecte s'approcha et battit des ailes à une fréquence distrayante. Le moustique dit sur un ton ferme : 'tu n'y arriveras jamais, le chemin est trop long et tu es trop petit'!
-'Oui...peut-être...' répondit Sacha. 'Je dois néanmoins vivre sur ce chemin et me rendre à l'assemblée des cagouilles, c'est dans l'ordre des choses'.
-'Quelle illusion! ' rétorqua le moustique. 'Je vais venir avec toi. Je vais accompagner dans chacune de tes soixante milles pensées quotidiennes. Tu seras bien contraint d'admettre que j'ai raison' !
-'D'accord, sois mon compagnon de route. Mais je ne promets pas de t'écouter, ni de te rendre joyeux car mon coeur est lourd.' répondit Sacha.

La sagesse commence dans l'émerveillement (Socrate).

Partie 1 - E comme s'Émerveiller :

L'escargot et le moustique s'enfonçaient ensemble dans le sous-bois lorsqu'ils rencontrèrent un papillon.
Le papillon virevoleta puis se posa devant Sacha. Le gastéropode en fut tout intrigué. Il demanda à cet animal ce qui le rendait si attrayant et si léger?
-'L'émerveillement' lui assura le papillon.

Sacha, voulut alors comprendre comment voir la beauté dans tout ce qui nous entoure ?!

-'Proust s'est bien émerveillé d'une madeleine, alors les champs du possible sont ouverts'...répliqua ce papillon érudit. Et il ajouta : 'Les maîtres en la matière sont les enfants. Ils laissent perdurer la sensation de facilité des choses. Ils apprécient chaque instant. Ils ne connaissent pas les soucis'. Et comme l'exprime si bien Eric-Emmanuel Schmitt dans L'evangile selon Pilate : 'Jusqu'à sept ans, j'avais ignoré la résistance du monde'.

-'Alors agir comme un enfant quelques instants par jour, se permettre une douceur, un moment de plaisir serait un pas vers l'enchantement', questionna Sacha ?!

-'Tout à fait. En somme, il faut recommencer à regarder le monde avec curiosité.' ajouta le papillon.

-'Il est trop tard !' les interrompit fièrement le moustique.

-'Il n'est jamais trop tard. Et à quoi sert d'attendre d'être au pied du mur pour regretter ce que l'on n'a pas admiré ?' rétorqua le papillon ?

'Par exemple, quand on a un rhume, on se lamente d'avoir le nez bouché et les papilles aussi développées qu'un pneu à plat. Mais se réjouit-on pour autant de leurs 'pouvoirs' hors périodes de virus?! Au lieu de pleurer l'absence de ces 'trésors' dont nous sommes naturellement dotés, profitons-en au quotidien. Utiliser tous nos sens permet de se sentir vivant. Ne regardons pas ce qui nous entoure, observons le. N'écoutons pas les sons environnants, percevons les. Ne sentons pas, hummons toutes sortes d'odeurs. Ne touchons pas une matière, parcourons la avec nos doigts. Ne goûtons pas à un aliment, savourons le. Ces actions courtes et concrètes ont pour finalité de nous faire nous sentir différents. Nous sommes, alors, dans le présent.

Ici, maintenant et pas ailleurs. Et c'est en cela que le moment est merveilleux' ajouta le papillon.

-'Sacha, je te propose un exercice qui te transformera à condition d'être persévérant' proposa ce merveilleux animal. 'Tu vas écrire un **journal de gratitude quatre-trois-trois'**.
'Cet outil simple est indispensable à la mise en lumière de ce que nous faisons, possédons et vivons. Un journal dans lequel on relate au moins **quatre** fois par semaine (durant **trois** semaines consécutives au moins), **trois** événements, pensées ou rencontres agréables va nous permettre d'être présent et ouvert aux moments plaisants de la vie selon les scientifiques'.
-'Il ne pourra pas' s'exclama le moustique.
-'Même si nous sommes tous différents, faire **régulièrement** l'effort d'être reconnaissant peut changer nos connexions cérébrales sur le long terme' développa le lépidoptère. 'Voilà un an que je rédige mon journal de gratitude', se confia-t-il. 'C'est simple, je ne pourrais plus m'en passer ! Au début, pour identifier des moments agréables, je devais me forcer à réfléchir. Je devais scruter le film de ma journée à la recherche de trois bons moments. A présent, l'identification et la rédaction, de trois événements dont je suis reconnaissant, me viennent naturellement. J'ai la sensation que la gratitude me saute aux yeux. J'ai la sensation d'en être entouré' conclu-t-il.
-'Il n'y pensera jamais' dit le moustique.
-'Sacha, je te propose de choisir un objet que tu emporteras avec toi. Il te rappellera que s'émerveiller chaque jour permet d'évoluer' conclut-il avant de s'envoler avec grâce.

Sa clarté et sa volonté fascinaient Sacha. Le papillon l'avait encouragé à voir le monde à partir d'un nouveau point de vue. Fort de cette rencontre, Sacha eut hâte de continuer sa route.

'Toute motivation négative est incompatible avec des résultats positifs'.
(Deepak Chopra) .

Partie 2 - P comme Plus :

Après un certain temps, la fatigue gagna l'escargot, qui ralentit.
-'Ah ah, nous y voilà, tu es epuisé et ne peux plus avancer' s'esclaffa le moustique.
-'Rentre plutôt chez toi' lui suggéra le moustique.

En sous-bois, un passereau, posé sur une branche, les écoutait. Le rouge-gorge vola vers les deux voyageurs. Il se posa devant eux. Le moustique, examina scrupuleusement le petit oiseau rondelet avant de déclarer qu'ils n'avaient pas besoin de compagnie.

-'Que le manque de sincérité est fatiguant' répondit le rouge-gorge.

'C'est la nature qui fait que l'on évolue, petit escargot. Garde à l'esprit que ton ego, lui, se mettra toujours en travers de ton chemin. L'ego, ou encore cette petite voix qui rabaisse ou réduit les pensées et les actions, adore la négativité, il s'en nourrit. N'est-ce-pas moustique ?!'.

-'Comment l'empêcher de grandir alors ?' interrogeait Sacha d'une voix faible.

-'Savoir l'identifier à chaque fois qu'il se manifeste, constitue déjà une grande avancée. Et l'abreuver de plus de positif, ce qu'il déteste, a pour effet de l'affaiblir' expliqua le passereau.

-'Je dois juste ne plus le croire et le regarder alors pour mieux penser?' demanda Sacha.

-'C'est ça' acquiesça l'oiseau comme pour l'encourager.

-'Si vous croyez que je vais disparaître aussi facilement' dit le moustique, s'empressant de donner son avis'.

-'J'ai une excellente nouvelle pour toi Sacha' dit l'oiseau en sautillant.

-'Il est prouvé que rien n'est irréversible, que tout peut se transformer. Avec de nouvelles habitudes, des efforts, du travail, quelque soit notre niveau d'intelligence et notre âge, il nous est tous possible de nous améliorer. (1) Nous pouvons tous devenir 'plus'. Plus positif que ce fait scientifique, je ne vois pas?!'

-'ah oui ?! Et concrètement comment je peux faire pour penser en mode plus et pas en mode moins ?' demanda Sacha.

-'Il y a obligatoirement un côté positif au négatif. Je répète, il y a toujours du positif, des enseignements à tirer qui nous font grandir et évoluer. Les échecs aussi sont tous positifs, à moyen ou long terme. Car chaque 'erreur' est une opportunité de faire mieux la fois suivante. Autrement dit : de changer. Donc comme à chaque pensée moqueuse, noire ou mesquine existe son contraire, applique-toi à trouver le plus du moins. Débusque le positif présent dans le négatif car rien n'est tout noir ni tout blanc' ajouta l'oiseau.

-'Par exemple, quand le moustique te dit que tu es fatigué car tu es trop petit pour continuer. Tu as tendance à le croire et à penser 'Incroyable le toupet de ce moustique, pour qui se prend-il...même s'il a raison ?!', ce qui engendre agacement, colère, rumination, perte de confiance, de temps et d'énergie.

A la place, grâce à cette technique de la pensée opposée tu pourrais t'entendre dire : 'Je dois avoir ralenti pour qu'il me dise ça ? Je devrais faire une pause pour pouvoir aller plus loin'. 'Résultat : hop, tu vas gagner des minutes de stress. Et, reposé, la bonne humeur et l'énergie seront de retour'.

-'Humm...les habitudes ont la peau dure.' dit le moustique.

-'En les écoutant comme un spectateur et en se disciplinant pour les inverser, ces pensées polluantes se feront plus rares.... Et, crois moi, cela ne vaut vraiment pas le coup de s'en priver !'

-'Sacha ne sera pas capable de faire ce choix.' dit le moustique. L'escargot resta muet.

-'Moustique, tu t'auto-trompes et tu me trompes' dit Sacha.

-'C'est vrai qu'être 'plus' requiert de la confiance en soi' confirma l'oiseau. 'Là encore, la confiance en soi se construit, personne ne naît avec. Nous avons tous des faiblesses et des atouts. Chaque situation contribue à renforcer ou détruire cette confiance. De même, le vrai moi est en chacun de nous. Et il est très éloigné de l'image que l'on a de soi. L'image de soi c'est ce que les autres voient, ce qu'ils pensent de nous. C'est différent. La véritable estime de soi n'est inférieure à personne. La critique ne peut pas l'atteindre.' transmit le rouge-gorge.

En se penchant sur une flaque d'eau toute proche, le passereau dit à Sacha 'Regarde toi droit dans les yeux et dit : 'je n'ai pas peur, je ne crains personne et la critique ne m'atteint pas'. Tes yeux vont briller, tu vas voir. (1)

Si tu ne crois pas en la merveilleuse personne que tu es, tu attendras toujours la reconnaissance de l'extérieur et cela n'engendre que colère ou frustration.

-'Merci, je me sens fort comme mon grand-frère.' dit l'escargot.

-'Si tu veux vraiment te comparer à qui que ce soit, désormais, compare-toi à toi-même : avant et après un apprentissage. Plus on se compare à soi-même, plus on agit, plus on avance et plus on est heureux.' (2) 'Et souviens-toi : chaque fois que tu perds l'enthousiasme et que tu abandonnes le meilleur, il est évident que tu as été abusé par le moustique'. Sonja Lyubomirsky, une éminente psychologue du courant de pensée de la psychologie positive, parle de la solution des quarante pour cent. La moitié de notre capacité à être 'plus' (cinquante pour cent) dépendrait de notre héritage génétique et dix pour cent dépendrait des circonstances extérieures. Nous ne maîtrisons ni l'un ni l'autre. Resterait donc une grande marge de quarante pour cent, qui ne dépendrait que de ton état d'esprit. Selon elle, s'efforcer de changer la manière dont on pense, dont on ressent, dont on se comporte au quotidien permet d'être plus positif' ajouta le petit sautillant.

-'Oh et avant que je parte, accepte ce cadeau' le pria le petit volatile. Il tendit à Sacha quelques mots meles positifs et simples qu'il avait créés. 'Le langage est un instrument efficace. Distinguer ces mots te remettra toujours dans de bonnes dispositions' promit-il.

Sa joie contamina Sacha, qui les accepta avec plaisir avant de s'endormir.

Mots mêlés positifs :

A V P U J O I E O I F N L F B
L F I T C E J B O I Q R I M Q
C K M R E V I T I S O P R L G
N C O N F I A N C E J A E E R
P E R S V R E R T Q M U S R U
C Y E U E L U U Q X A T S D S
F G V L B K B U H P L O O N S
D U F A B O D G S L L R U E I
L L R A D A R H J H J I R R R
X G E K M A P N U M P S C P R
A E M Ç N T B A Ç I N A E P N
X Z C D O P W T C I M T S A A
M Q I R T N S O L U T I O N S
X R L F G E S R I D N O B E R
L A T N E M R W O I H N X H F

CAPABLE

JOIE

APPRENDRE

GRANDIR

LEÇONS

SOLUTIONS

PERSEVRER

MENTAL

POSITIVER

REUSSIR

CONFIANCE

REBONDIR

BUT

AGREABLE

OBJECTIF

RESSOURCES

GRACE

AUTORISATION

Mots mêlés positifs :

```
G A I W W Q Y O S J I G M H M
E M I X P R I S I A L P I T E
Q C O N T E N T E M E N T S U
K R U E M U H D O Q J W L O P
N T M F P V A U C H K K I U H
R F R P R O G R E S S E R R O
E W A M B O N N E G K H Ç I R
G R M W X U P L E I N H X R I
A E E Ç M E S T I M E S G E E
L G L S P E T U A J O E F M O
N O I T C A F S I T A S M R N
X B O B E X T A S E X C I T E
Q J R Z I J A O P K Z T P V I
L M E Ç T K K E T I N E R E S
R F R R J W G X G F Q V K Y W
```

ESTIME   SERENITE

PROGRESSER

AMELIORER

SOURIRE

BONNE

HUMEUR

EXCITE

GAI

PLAISIR

SATISFACTION

PLEIN

CONTENTEMENT

EUPHORIE

EXTASE

REGAL

---

(1) Deepak Chopra.
(2) Josh Kaufman.
(3) Grilles de mots mêlés positifs en page **XX**

La politesse est la clef de la bienveillance. (Jean-Louis Moré)

Partie 3 - U comme User d'un vocabulaire doux et bienveillant.

Au crépuscule, un bruit réveilla Sacha. Il sortit ses antennes de sa coquille. Un animal à grandes oreilles s'activait à ronger l'écorce de l'arbre auprès duquel il s'était assoupi. L'escargot, épuisé, entra dans une colère noire. Il explosa et injuria le poilu. Il lui ordonna d'aller voir ailleurs, prétextant que le bois était assez grand pour éviter toute promiscuité. Le moustique se frottait les pattes de jubilation.

Le mammifère, doté d'un tempérament particulièrement doux et calme, choisit de gérer le conflit.

-'Halte aux gros mots !' réagit le lapin de garenne. 'La grossièreté est une réalité omniprésente et pourtant profondément destructrice. Quelle cacophonie que ces mots qui sonnent mal...et qui font mal. Ils heurtent oreilles et coeurs, et restent gravés des années. Etre grossier n'a jamais rendu plus grand...mais plus épais, plus gros. Cela ne signifie pas être plus intéressant malgré ce que beaucoup espèrent. De plus, la grossièreté tire vers le bas. Pourquoi donc se donner cette posture, alors même que l'on recherche tous l'amélioration ? Mais surtout, penses tu aux conséquences négatives des horreurs que tu profères ?!'

-'C'est vrai, je me suis emporté, je te prie de m'excuser ?' dit Sacha.

-'Oui je te pardonne car tu sembles sincère' dit le lapin. 'A partir d'aujourd'hui tu feras preuve de bon sens j'en suis certain. Tu ne feras rien que tu n'aimerais pas qu'on te fasse. Car pour que la bienveillance se développe, il faut bien que quelqu'un commence ! Comme l'écrivait, le pensait et le vivait Gandhi : 'Sois le changement que tu veux voir dans le monde'.

-'Qui te dit qu'il veut changer ?' lança le moustique.

- Le lapin ajouta que 'sans respect de l'autre, il est difficile de se respecter soi-même'.

-'Nous y revoilà !' laissa échapper le moustique.

-'But alors, si je ne dois plus dire de gros mots, ni m'injurier moi-même, ni être malveillant, comment vais-je évacuer colères, frustrations et peurs'?! fulmina le gastéropode ?'

-'En te remettant à ta 'vraie' place' conseilla le lapin.

-'Ton moi véritable, ta vraie place...tu as décidément tout faux l'escargot !' releva le moustique amusé.

-'Il est tant d'admettre que tu n'as pas agir de la sorte' développa le lapin. Tu as le choix de penser et de faire différemment. Tes émotions (anxiété, dépression, peurs...) ne te définissent pas. L'essentiel est de réaliser que la petite voix négative est la, et que c'est elle qui, jusqu'ici te gouverne à ton insu. Qui dirige : elle ou toi ? Viktor Frankl dans son livre 'Le sens de la vie' explique que nous choisissons les réponses à nos souffrances qu'elles soient grandes ou petites. Nous sommes bien plus que ce qui nous arrive.' Le lapin rajouta : 'Au lieu de t'en prendre aux autres et à toi-même et de rallumer ce feu interne, fais-toi plaisir, renvoies ton ego gentillement dans ses buts ! '. De nombreux philosophes et sages (Matthieu Ricard, Alexandre Jollien, Christophe André) conseillent aussi d'observer sa colère puis de l'inviter à partir avec...bienveillance. Plus tu es bienveillant, plus tu fais reculer l'ego. D'autres, pour ne citer que Byron Katie,

Eckhart Tolle et Dr Serge Marquis, proposent, de plus, de ne pas lui accorder la moindre véracité' certifia le lapin
-'Il est temps de ne plus me laisser diriger. Il est temps de reprendre les rennes de mes émotions et de mes pensées.' affirma Sacha à voix haute comme pour renforcer sa conviction.
 -'Ce soir, avant de te coucher, je te conseille de faire cet exercice qui te permettra de comprendre le pouvoir des mots.' conclut le mammifère en lui tendant un papier.
-'Je te salue l'escargot' dit le lapin avant de bondir dans le sens inverse.
-'Au plaisir de te revoir et surtout merci' répondit spontanément Sacha.

Après quelques pas supplémentaires, c'est le coeur léger, le corps fatigué et la tête remplie que l'helix décida de se retirer dans sa coquille. Il y ouvrit le papier donné par le lapin. Le titre mentionnait que 'la reproduction limite et la connaissance transforme.' Il y était spécifié :'C'est le moment de prendre un papier pour y faire trois colonnes.
Dans celle de gauche, dresse la liste du vocabulaire qu'utilisaient tes parents, dans ton enfance, lorsque tu avais fait une erreur ou une bêtise (petite ou grosse).
Dans la colonne du milieu : dresse la liste du vocabulaire que tu utilises lorsque tu fais une erreur ou lorsque tes enfants votre/vos enfant(s) font des erreurs et des bêtises.
Il y a fort à parier que tu prononces ces mots que tu détestais pourtant entendre !
Finalement, dans la colonne de droite, recopie la liste de mots valorisants, ci-dessous. Ce vocabulaire va venir remplacer les mots habituels qui ne sont finalement qu'un héritage familial, et pas les tiens.

-'Essayes encore et encore, tu vas y arriver, je vais te montrer comment faire, tout le monde fait des erreurs, plus je le fais plus c'est facile'.

'De temps en temps se retirer de ce qu'on fait, et gagner quelque hauteur pour respirer et dominer'. Jules Renard

-Partie 4 - R comme Respirer.

Au petit matin, un bourdonnement agaçant se fit entendre en dehors de la coquille de Sacha. Il lui fallut quelques secondes pour réaliser que le moustique était toujours présent. Mais il n'était pas seul. Un bruit rythmé se faisait aussi entendre. Curieux, Sacha déploya ses antennes et son corps hors de sa coquille.

Un animal vert à la peau lisse et humide et aux pattes arrières plus longues que celles de devant, était assis calme et attentif comme...

-'Une grenouille !' s'exclama Sacha fou de joie. 'Tu es connue, on m'a beaucoup parlé de toi'.

-'Bonjour toi, que sais-tu donc de moi ?' se renseigna le batracien.

-'Je sais que tu peux rester sans bouger longtemps, très longtemps mais aussi faire des bonds'.

-'Ce que j'aime par dessus tout, c'est respirer ou plutôt prendre conscience que je respire. Trop habitué à ce corps qui fonctionne en autonomie, je ne prêtais aucune attention

aux douze à vingt inspirations-expirations qui mettent, chaque minute, ma poitrine en mouvement. Malheureusement, on le sait maintenant, le rythme et l'intensité de notre respiration affectent directement notre état d'esprit et notre santé physique. C'est par la respiration que nous oxygénons notre corps. La seule notification que ce dernier m'envoie est celle de la fatigue, du stress ou de l'angoisse. Alors prendre 5 minutes pour écouter cette douce musique, c'est le minuscule effort à fournir pour prendre soin de soi, tous les jours.' exposa la grenouille. 'Tiens tois aussi tu peux en profiter pour tout de suite faire l'exercice suivant de respiration profonde' dit l'amphibien.
-'Moi je vais m'éloigner' dit le moustique 'je n'apprécie guère le vent'.
-'Essayons' accepta Sacha.
-'Installe-toi confortablement, debout ou assis. Étire toi. Ouvre ta poitrine. Inspire fort en comptant jusqu'à cinq. Maintiens ton inspiration compte jusqu'à deux. Expire lentement en comptant jusqu'à cinq. Répète cette respiration cinq fois ou plus si affinités !
Finalement, prends un moment pour remarquer comment tu te sens après.

<u>'Respirer profondément, le plus souvent possible pourrait être l'action la plus simple pour améliorer ton quotidien !</u> ' coassa la grenouille.

-'C'est en utilisant la respiration que je vais me sentir plus équilibré ?' répéta l'escargot à voix basse perplexe.
-'Tout à fait, car respirer en y pensant (ou respiration consciente) pourrait bien te te donner envie de méditer' le renseigna la grenouille.

'Après de nombreux exercices de respiration, les sensations sont telles qu'une envie d'exploration plus profonde peut naître. C'est ainsi qu'un matin je me suis assise pour écouter ma première méditation guidée' confessa le batracien.

-'Comment cela se passe-t-il ? J'en ai déjà beaucoup entendu parler, mais j'avoue que ce qu'est réellement la méditation me parait bien trouble' avoua Sacha.

-'Il se dit tellement de chose sur la méditation...Mais aucune ne saurait remplacer l'expérience que l'on s'en fait en pratiquant'. Puis la grenouille exprima son ressenti quant à son appartenance à " l'univers ". 'Je me permets cette hyperbole' assura-t-elle 'pour te prouver, Sacha, que toi et moi faisons partie du même tout'.

'Saches que le but ultime de la médiation est de mener à l'Éveil spirituel. La méditation est un outil de développement de la conscience ce qui, par conséquent, calme l'esprit. Un équilibre va s'établir entre inconscience et conscience.' dit l'animal vert. 'En ce qui concerne la méditation guidée : une voix apaisante qui distille des paroles empreintes de douceur et d'amour t'invite à te détendre. Elle te propose de prendre des respirations et te prie de répéter une phrase ou quelques mots précis dès lors que tu as des pensées qui te viennent. Cette phrase a pour but de prendre la place de te pensées pour revenir à ta respiration.' dit l'amphibien.

-'On peut ne pas croire à l'efficacité de solutions rapides et simplistes ! ' intervint alors le moustique.

-'La méditation est loin d'être une solution rapide et simpliste' lui affirma la grenouille. 'Après quelques années de pratique régulière, je me dois d'invalider cette idée. Chaque méditation donne lieu à différents sentiments et a des surprises, plus ou moins bonnes. Certains jours, la méditation rend triste, d'autres elle est douloureuse, elle peut aussi être enrichissante ou apporter des solutions, sous forme de mots ou d'images. Quelque soit l'état émotionnel duquel on sort de sa méditation, elle a pour mérite de nous assagir. C'est un moment calme, duquel il ne faut rien attendre.' développa la grenouille.

-'Je ne sais pas si cela me conviendrait vraiment' dit Sacha.

-'Je t'entends bien. Il existe une multitude d'autres activité pour s'apaiser et évoluer de manière plus créative et moins 'statique'. La poésie, la musique, la peinture offrent autant de possibilités de s'élever.

-'Je ne sais toujours pas si cela me conviendrait vraiment' avoua Sacha.

-'Quand l'esprit peut et nous attire dans le passé ou le futur, il ne reste plus que le corps pour nous rappeler que nous vivons dans le présent.' selon Deepak Chopra dit la grenouille.'Ainsi une méthode comme le yoga, de part des exercices de postures et de respirations affecte simultanément l'esprit et le corps. Je te propose cet exercice de respiration '<u>Sudarshan Kriya</u>' prone par Sri Sri Ravi Shankar. Cette ancienne technique est reconnue scientifiquement pour accroître le niveau de relaxation. Elle aider à soulager anxiété et stress. Comme toute pratique ancienne elle est prodiguée par un maître' rappela le batracien.

-'Je te remercie de tes éclaircissements, la grenouille dit Sacha qui choisit de reprendre son chemin vers le rassemblement des cagouilles' sans même prêter attention au moustique...

'Nous ne nous tenons jamais au temps présent. Nous anticipons l'avenir comme trop lent à venir, comme pour hâter son cours; ou nous rappelons le passé pour l'arrêter comme trop prompt (...)'. Pascal

-Partie 5 - E comme Écouter.

La journée fut belle et Sacha ondula à bonne allure. Une chouette hulula, c'était le signal que la nuit tombait.

-'Inconscient, arrêtes-toi ou tu vas te perdre' ordonna le moustique qui était de retour depuis peu.

-'Si tu t'arrêtes tu n'arriveras pas à l'heure jeune escargot' commenta la chouette de qui les dominait.

-'Pff, je suis perdu...tout est perdu. A quoi bon, je n'y arriverai pas, il est trop tard.' se désola Sacha.

-'Je pourrais te guider, ainsi tu rattraperais ton retard' offrit la chouette. 'Ma seule condition est que tu dois m'écouter'. 'Pour pouvoir écouter, il faut être dans état de concentration profonde donc présent. Offrir son temps pour se mettre à disposition de l'autre. Quand nous sommes totalement présents : sans penser au futur ni au passé ni être en train de juger notre interlocuteur, alors aucune pensée ni barrière mentale n'intervient. Nous sommes totalement ouverts. Il s'agit d'une étape pour atteindre ses buts ou même se découvrir. Plus l'on est présent plus on donne le meilleur de soi-même. Es-tu disposé à 'écouter' Sacha ?' lui demanda l'animal au visage rond et plat.

-'Je vais faire de mon mieux' proposa le gastéropode hésitant.

-'Écouter sereinement va aussi te permettre de mieux mémoriser, et de te sentir confiant. Et comme ton objectif d'aller au rassemblement est clair, le temps va se suspendre comme par magie, tu vas te sentir capable et te laisser guider. De plus, tu pourras oublier les aspects déplaisants de la vie, tes frustrations par exemple s' expliqua le rapace. 'Quand vous prenez le contrôle de votre vie, les pensées, au lieu d'être le moteur de votre vie, deviennent un outil pour avancer.' dit Eckhart Tolle ajouta la chouette.

-'Tu vas donc enfin pouvoir m' écouter aussi' ajouta le moustique.

-'Que veux-tu dire ? Tu essayes de me transmettre des messages ? Drôle de façon de procéder...' répondit l'escargot.

-'Parfait !' dit la chouette. 'Maintenant, dès lors que tu discuteras encore quelqu'un qui te barbe, force toi à retenir au moins deux faits nouveaux de cette conversation'. 'Plus tu fais cet exercice, plus tu aiguises ta capacité d'écoute' confia la chouette.

-'Et si j'entends mal ?' demanda Sacha.

-'Fais-toi confiance, écoute ta voix intérieure. Il n'y a pas de mauvais choix, juste des chemins différents. Tu ne peux pas te tromper.' le rassura le rapace.

'Tu vas faire ta carte de l'envie pour réaliser que tu as déjà enregistré de nombreuses informations...même si tu n'étais pas encore dans l'écoute optimale.'

Et la chouette se mit à chanter 'Soulman' de Ben l'Uncl Soul :

'J'ai pas le regard de Spike Lee

J'ai pas le génie de De Vinci

J'ai pas les pieds sur terre

La patience de ma banquière

J'ai pas ces choses-là.

J'ai pas la sagesse de Gandhi

L'assurance de Mohamed Ali

J'ai pas l'âme d'un gangster

La bonté de l'Abbé Pierre

Ni le ra de Guevara.

Je ne suis qu'un soul man

Écoute ça baby.

Je suis pas un superman

Loin de là.

Juste moi, mes délires

Je n'ai rien d'autre à offrir

Mais je sais qu'en vrai c'est déjà ça.

J'ai pas le physique des magazines

J'ai pas l'humour de Charlie Chaplin

J'ai pas la science infuse

Le savoir-faire de Bocuse

Non je n'ai pas ces choses-là.

J'ai pas la chance de Neil Armstrong

J'ai pas la carrure de King Kong

Plusieurs cordes à mon arc

La ferveur de Rosa Parks

Ni le courage de Mandela.

Je ne suis qu'un soul man

Écoute ça baby.

Je suis pas un superman

Loin de là.

Juste moi, mes délires

Je n'ai rien d'autre à offrir

Mais je sais qu'en vrai c'est déjà ça' (...) la la la' hulula l'oiseau.

'Comme lui, et comme le recommande <u>Amber Rae</u>, fais ta carte de l'envie.

Note sur un papier tous les traits de caractères de tes personnes préférées. Qu'elles soient connues, inconnues, artistes, sportifs...On rêve tous devant des personnes différentes et on vibre aussi pour des différentes personnes. Cette carte de l'envie va permettre de mettre des mots sur les qualités que tu aimerais acquérir et que tu n'oses pas encore développer.

Personnellement, je trouve que faire sa carte de non-envie est aussi un bon indicateur. Par contre, n'oublie pas de l'enfermer dans une boite, ou de la ranger dans un endroit secret, celle-ci, pour ne pas froisser qui que ce soit ! Pour la carte de 'non envie', liste les traits de caractères que tu aimes le moins chez toi et les personnes à qui ils te font penser. Chaque fois que tu te surprends en flagrant délit d'une action correspondant à cette liste...ta mémoire y associera la personne concernée. Personne de qui tu souhaites te différencier à présent !' expliqua la chouette.

-'Je ne pensais pas qu'écouter et m'écouter pouvait m'apporter autant ? s'étonna Sacha.

-'Ecouter peut t'apporter bien plus encore. Ecouter c'est s'ouvrir à l'autre, être plus altruiste, sortir de soi. Si ton interlocuteur ressent que tu es présent, il s'ouvrira. Pourra naître une vraie relation' justifia le rapace.

-'Oh, il fait déjà jour…' remarqua Sacha avec étonnement. Tu m'as guidé avec patience, merci beaucoup grace à toi je me sens différent. '
-'Bonne route' lui souhaita la chouette avant de s'enfoncer dans le bois.

-Partie 6 - R comme Rire.

Un âne s'avança vers Sacha et le moustique et dit qu'il était 'désolé de n'être qu'à l'heure'.
-'Je ne comprends pas ?' répliqua l'escargot.
-'Le papillon a volé jusqu'au rouge-gorge qui a chanté au lapin lequel a demandé à la grenouille de nous prévenir la chouette et moi de ton périple. Je viens donc pour t'accompagner jusqu'au grand rassemblement.
L'escargot, stupéfié, ne put que sourire. Le moustique, lui, trouvait cela suspect, évidemment.
-'Le simple fait de sourire amène ton cerveau à produire des substances chimiques qui ont des effets antidépresseur et anxiolytique. C'est donc excellent pour le moral et pour le corps' hennit l'équidé. 'Écouter, lire des blagues ou le sketch de ton humoriste favori, cinq minutes au moins, tous les jours est indispensable pour se sentir léger et heureux'. 'Te laisser le droit d'avoir des pensées absurdes

et drôles est aussi plein de vertus. Rire de ton ego sans méchanceté aucune. Encore une fois : simplement réaliser qu'il est actif, qu'il a encore essayé de te conduire sur sa voix de prédilection qui va surtout te desservir plutôt que de te servir' répéta l'âne.

-'Comment me forcer à rire tous les jours ?' demande l'escargot.

-'Moi j'utilise ma boîte à fous rires' répondit l'escargot. 'Je me suis remémorées quatre situations de fous rires vécues dans le passé. Il peut s'agir du passage d'un film, d'un souvenir personnel, d'un son, etc...Revivre ces sensations physiques, laisser consciemment un sourire se dessiner sur ton visage, voilà ce que la boîte à fous rires va t'offrir. A consommer sans modération!' cria l'âne de joie.

-'Enfin tout ne prête pas à rire, parfois ce n'est pas évident' signala l'escargot.

-'C'est vrai. Mais certaines émotions, comme la colère, par exemple, ne sont pas envahissantes si tu les interceptes' ajouta l'escargot. 'Par exemple, une

image drôle, peut venir interrompre la montée d'une colère. Tu sens la tension monter, tes joues chauffent, ton coeur bat plus rapidement et ton esprit s'échauffe. La petite voix diabolique et destructrice (et oui toujours elle) s'écrie : 'You snooze, you loose' ce qui signifie :'tu rêves, tu perds'. Pas de panique, l'arme du rire est imparable. Visualisez un objet ou un animal totalement incongru (une girafe qui joue du pipo par exemple) à la place de cette situation qui a déclenché ta colère'. cette visualisation on arrive à leurrer son ego...hop hop hop c'est qui le plus fort?! jubila l'âne.

-'Te voici arrivé auprès des tiens. Fais bon usage de tout ce que tu as entendu dans la forêt car ton retour aux racines entraîne le retour à tes croyances. Cependant ces dernières sont enrichies de ta volonté d'évoluer' lui expliqua l'équidé.

-'Merci beaucoup, finalement tout est juste et parfait' dit Sacha avant de se fondre dans une foule de cagouilles.

'Le secret du changement est de concentrer son énergie sur la construction du nouveau et non sur le combat contre le vieux' Socrate.

CONCLUSION

Finalement, personnellement, pour devenir la meilleure version de moi-même (vous souhaitez devenir pire vous ?!), vous l'avez compris, j'utilise ce moyen mnémotechnique : **'E.P.U.R.E.R'**.

Garder ce mot en tête me permet d'appliquer <u>quotidiennement</u> certaines des méthodes scientifiquement validées qui permettent de changer :

E pour s'Émerveiller.
P pour Plus.
U pour User d'un vocabulaire bienveillant.
R pour Respirer.
E pour Écouter.
R pour Rire.

Attention, les solutions toutes faites n'existent pas. Ces exercices et nouvelles actions que vous venez de mettre en pratique, vont surtout vous permettre de trouver des moyens personnels pour vous sentir aptes à traverser les changements de vie. Pour construire, il faut des outils. Vous trouverez, dans les références ci-dessous, une liste de sites internet et livres qui sont des outils puissants et utiles pour mener à bien ce chantier de reconstruction.

Changer est une démarche personnelle. On ne peut pas forcer les autres à vouloir changer en même temps, à s'élever. Chacun le fait à son rythme, et il faut d'abord en faire le choix. A vous d'épurer vos journées pour vous transformer simplement. Et comme le dit Alexandre Jollien '(...) une vie simple passe par de petites habitudes qui visent à simplifier l'existence plutôt qu'à la remplir'.

RÉFÉRENCES :

PODCAST (en anglais)
Infinite Potential, Deepak Chopra's
Meditation Minis Podcast, Chel Hamilton
SuperSoul Conversations, Oprah Winfrey
The Science of Success, Matt Bodnar

PODCAST (en français)
Lescheminsdubonheur's podcast, Françoise Dubouch

SITES INTERNET
http://anti-deprime.com/tag/christophe-andre/
https://artofliving.org/fr-en.org/fr-en
https://www.lesmotspositifs.com/blogue/lego-nous-eloigne-de-la-paix-interieure/
https://www.methodecoue.com/methode-pratique/
http://www.psychologie-positive.net/
http://thework.com/sites/thework/downloads/little_book/French_LB.pdf

BIBLIOGRAPHIE

Albert Bandura (2007), *Auto-efficacité : Le sentiment d'efficacité personnelle*, de boeck.
Alexandre Jollien (2015), *Petit traité de l'abandon*, Seuil.
Amber Rae (2018), Choose Wonder Over Worry: Move Beyond Fear and Doubt to Unlock Your Full Potential, Piatkus.

Ameisen, Ansermet.. (2018), *Savoir, Penser, Rêver*, Flammarion.

Angela Duckworth (2017), *L'art de la niaque*, JCLattes.

Carol S. Dweck (2017), *Osez réussir ! Changez d'état d'esprit*, Mardaga.

Cass Sunstein, Richard Taller (2012), *Nudge : La méthode douce pour inspirer la bonne décision*, Pocket.

Christophe André, Alexandre Jollien, Matthieu Ricard (2018), *Trois amis en quête de sagesse : Un moine, un philosophe, un psychiatre nous parlent de l'essentiel*, L'Iconoclaste et Allary Editions.

Daniel Crosby (2018), *The Behavioural investor*, Harriman House.

Don Miguel Ruiz (1999), *Les quatre accords toltèques*, Editions Jouvence.

Eckhart Tolle (1999), *Le pouvoir du moment présent*, J'ai Lu.

Eckhart Tolle (2005), *Nouvelle Terre - L'avènement de la conscience humaine*, Ariane Editions.

Eline Snel (2012), *Calme et attentif comme une grenouille*, Les Arènes.

Frankl Viktor Emil(1988), *Retrouver le sens de la vie : anthologie*, InterEditions.

Jen Sincero (2016), *Tu vas tout déchirer*, Marabout

Josh Kaufman (2013), *The First 20 Hours : How to Learn Anything...Fast!*, Penguin Classics.

Jean d'Ormesson (2018), *Un hosanna sans fin*, Héloïse d'Ormesson.

Lise Bourbeau (2013), *Les cinq blessures de l'âme qui empêchent d'être soi-même*, leseditionsetc.com.

Muriel Mazet (2019), *Se libérer enfin du regard de l'autre*, Eyrolles.

Nic Vujicic(2017), *La vie au-delà de toutes limites : avec plan d'action*, Ourania.

Nick Ortner (2012), The Tapping Solution : A Revolutionary System for Stress-Free Living, Hay House Inc.

Serge Marquis (2017), *Le jour ou je me suis aimé pour de vrai*, Editions de la Martinière.

Tal Ben-Shahar (2017), *Conversations avec mon coiffeur pour aimer la vie*, Pocket.

Tom Chalko (2000), The freedom of choice, Tom Chalko.

Yuval Noah Harari(2015), *Homo Deus, une brève histoire du futur*, Harvill Secker

A propos de l'auteur

Je suis l'heureuse maman quadragénaire d'un lutin très énergique et la femme d'un homme attentif et patient, dont la sagesse ne cesse de m'étonner.

Ce livre est mon second ouvrage. Le premier est un livre pour enfant, sur les métiers du futur, illustré par une jeune femme simple, travailleuse et talentueuse. Ce premier illustré pour enfant a été écrit en Thaïlande, où notre famille a vécu plus de cinq ans. Ce second livre est écrit depuis la France, dans un nouvel environnement, différent et tout aussi enrichissant.

Je vous invite à consulter notre site internet (anglophone) alphasso.com pour en savoir plus sur ces ouvrages.

© 2017 AlPhasso Tous droits réservés.

ISBN papier : 979-10-97139-06-3

ISBN digital : 979-10-97139-07-0

www.ingramcontent.com/pod-product-compliance
Lightning Source LLC
Chambersburg PA
CBHW052338150726

47998CB00018B/2486